장혜련 글·그림

저만의 그림책을 만들고 싶은 것이 욕심인가 싶을 때가 있었습니다. 그림책 공부에 귀가가 유난히 늦었던 그날 밤, 엄마를 기다리던 돌쟁이 아이가 얼마나 안타까웠던지요. 이제 작업하는 엄마 옆에서 아이도 함께 그림을 그립니다. 엄마의 그림책을 학교에서 자랑하고 발표합니다. 아이에게도 소중해진 그 꿈의 조각을 엄마는 하나씩 맞춰 갑니다. 쓰고 그린 책으로 『그네 탈래』와 『꿀 따러 간다』가 있습니다.

날다

장혜련 글·그림
초판 1쇄 발행일 2024년 11월 30일
펴낸이 박봉서 **펴낸곳** (주)크레용하우스 **출판등록** 제1998-000024호
편집 이민정·최은지 **디자인** 김금순 **마케팅** 한승훈·신빛나라
주소 서울 광진구 천호대로 709-9 **전화** (02)3436-1711 **팩스** (02)3436-1410
인스타그램 @crayonhouse.book **이메일** crayon@crayonhouse.co.kr

ISBN 979-11-7121-150-0 74810

날아
장혜련 글 그림

형아 연은 높이 난다!

너도 달리면서 해 봐.

훨이 훨이

와!

왜!

자꾸
형을 따라
다니면서
그래!

칫, 형아 혼자만 높이 날리고!
나도 연을 높이 날릴 수 있어!

너무 멀리 가지 마!

뜬다

오오 살려
기다려!
형이 간

다!

내 손 잡아!

잡았다!

형아, 우리 오늘 진짜 날았지?
내일도 또 연날리러 오자!

그래, 그런데 내일은 꼭 연만 날리자.